詩集

老年の情景

脇田　正

梓書院

詩集　老年の情景

脇田《わきだ》　正《ただし》

目次

馬鹿げた・・・・

馬鹿げた見栄は捨てましょう。
くだらぬ虚飾のために生きますまい。
そんな事で時間を過ごすには
人生は余りに短い。
これからは真実のみを友としましょう。

夏の早朝

暑苦しさの中で目を開ける
枕元の蛍光時計はまだ五時
カーテンの隙間から
もう淡い日の光が射し込んでいる
喉はカラカラ

ノロノロおきて階下に降りる
筋肉の硬直を感じる
水をコップにいれ
氷を六つも七つもぶち込んで
コロンコロンとかき回す
十分に冷えるまでちょっとの辛抱
「さっ、これでよし！」と
コップ傾けゴクゴクゴク
息もつかずに呑み込んだ

直ぐに喉がグッと鳴り
続いて食道や胃の辺りがグググッと鳴った
互いの器官が
「いま、やっとお水が来たのよ」
「おっ、こっちにも流れて来たぞ」
と言い合っているのだ

老いぼれた体の食道、胃、腸が
冷たい一杯をまるで甘露のように喜んでいる

乾燥しきった大地の草花《くさばな》が
驟雨をゴクゴク呑みこんで
天地にかかる虹の下
ふーっと頭をもたげるに似て

かくて干からびた生命《いのち》の導管《どうかん》に
水の気《け》満ち
ブルンブルンあらゆる組織が動き始める
とても若い人の様には行かず
かなりのろまだが・・・・
それでも体中の細胞が
今日一日の生命《いのち》を約束してくれる

「さあ生きるぞ！」

病室便り

お薬師さんにお参りしてたのに・・・・
病気にならなくてすみますよう
毎年祈ってたのに・・・・
でも　そんな身勝手は
仏様がお許しにならんだった
やっぱり病気になっちゃったのよ
それもまだ六十になったばかりなのにね
とても進んだ癌なんだって・・・・
それで病気を恨んだり
淋しくて泣いたり
意味ない事を喚いたり
でも　毎日毎日
泣くだけ泣いて
喚くだけ喚いたら
もう涙もスッカラカン
心の中がすっきりしちゃったの

お薬師さんの御利益《ごりやく》は
やはりあるんだろうね
病気に耐えようとか
残りの人生を有意義にとか
静かに死んでゆこうとか
そんなんでなくて
小さな喜びを持ちながら
その日その日を過ごせるよう
お薬師さんが
心をそっちに向けてくださったのね
今ね　窓脇の水差しの撫子見てるの
実習で私《わたし》担当の看護学生さんが
今朝もってきてくれたのよ
自宅に咲いてるんだって
花ってきれいだねー
こんなにきれいなピンクと赤
初めて見た気がする
それでね　今は
他人《ひと》が持ってる残りの二十年を
半年に縮めて
これからのひとときひとときを
楽しくすごしてゆきますよ
何となくそんな気分なの

父そして母

父は明治の生まれ。確か故・昭和天皇と同い年と聞かされていた。国語、漢文、書道を教える先生だった。柔道の有段者でもあった。結婚した日の夜、母を小机に座らせ、今日から日本書紀を教えると宣言し、彼女を仰天させたそうだ。僕達の兄である長男は意志薄弱だった。ひ弱でひょろっとして運動嫌いだった。旧制中学での体育祭の時、父は校内マラソンのゴールで待つ審判員の一人だったらしい。自分の息子がいつ来るかいつ来るかと待つ彼の前に、兄はヨロヨロと全校生徒どんじりの惨めな姿を見せ、同僚の先生達の同情をかった。その日の夕、父は家に帰るなり物も言わず、いきなり兄の横面を思い切り殴りつけたという。鼻血を流して倒れた兄を母親は泣いて介抱したそうだ。

　そんな怖《こわ》い父なのに、日ごろはとても穏やかで花や庭木の手入れを殊更の趣味としていた。ある日、僕とすぐ上の兄とで庭でキャッチボールしていて、父が植木市から買ってきたばかりの紅葉《もみじ》の枝をへし折ってしまった。子供二人は慌てて幼い知恵をしぼり、元通りの姿になるよう糸でしばりつけておいたが、折れた枝は翌日、見るも無惨に垂れ下がり、葉は全部しおれていた。正直な告白を避け姑息な手段で逃れようとした僕と兄に、怒った父が拳固をくれようと手を振り上げた時、母は憤然と僕達の前に立ちはだかった。「庭木が一本折れたくらいで、子供を殴る親がどこにありますか。殴るんなら私を殴りなさい！」と。

　母の意外な抵抗に父は黙って振り上げた拳をおろし、一日中、居間に閉じこもって書に没頭していた。母も黙ったまま編み物を手にしていた。僕はそんな雰囲気が怖《こわ》くて、むしろガツンとやられた方がまだましと思ったくらいだった。だが、ひと晩過ぎた翌朝の父は、いつもと変わらず穏やかで、母も元気に家事にいそしんでいた。父が死んで半年後、母もそのあとを追うように死んで行った。

緩和病棟で

「先生、Kさんが少し変です」
「どう変なの？」
「とにかく・・・・
じっと食事を見つめたまま口に入れません」
看護師の報告を確かめようと
ともあれ病室に入って行った

Kさん　五十歳の女性　乳ガン末期
いつも陽気に装う彼女が
ベッド上で正座したまま

食膳をじっと見つめている
涙が頬をつたわっていた

「Kさん、どうしたの？」

「・・・・」

「あんたが泣いているのを初めて見ましたよ」

「先生、私、とっても嬉しくて悲しいんです」

「おやおや、それはまたどうして？

嬉しくて悲しいなんて珍しい気分だね」

「先生、私、あと何日生きれるでしょう
そう思うと、このお米の一粒一粒が
いとおしくて、もったいなくて
私の生命《いのち》をつないできてくれたこのお米達に
今日も会えたなと思うと
それが嬉しくて・・・・
でもまもなくそれも終わりだなと思うと
むしょうに悲しくて・・・・」

Kさん　そっと涙をぬぐって
恥ずかしそうに笑った
箸を握る指が一段と細くなったようだ
銀色に光る米粒が　蒼白な頬の下の
小さな口の中にはいってゆく

ああ　この一日一日を生きる人
それぞれの一日の
短くそして長い一日の
何という静けさ　何という輝き・・・・

半身不随の人

彼は六十を少し越した人に見える。私はもう数ヶ月も前から彼と会っている。

それは団地の小高い丘の遊歩道の上である。いつも決まった夕刻、ただ一人、雨の日も風の日も、彼は不自由な体をくねるようにしてそこを歩いている。その必死の姿は悲しい程いたいたしい。

私はほぼ毎日のように、白いトイプードルと共にここを散歩する。この丘を愛するどの人も、眼下の市街と玄界灘を見降ろす高台の楕円道を、右回りに散策する。子犬はあちらにチョコチョコ、こちらにチョコチョコ忙しく走り廻る。早足の少女、楽しげに手をつなぐ老夫婦、どの人もこの子犬を見て「まあ、なんて可愛い！」と言いつつ通り過ぎて行く。それが世辞をまじえた私への挨拶なのだ。だが、ただ一人、半身不随の彼だけは黙して俯いたまま、誰とも挨拶をかわさない。誰の顔を見る事もせず、左手のステッキを頼りに、硬直し突っ張った右足を引きずりながら、ノロリノロリ長い時間をかけて歩くのだ。

一周、約六百メートルの褐色の地面が、彼の唯一、今を生きる世界であるようだ。その姿は陰鬱でただ孤独である。彼の周囲四方にだけ、灰色の空気がひっついて廻っている。

私はかつて、この人がどのような顔の人なのか、一度も見る機会がなかった。いや、この高台に集まる全ての人がそうであっただろう。

今夕、私はいつものように彼を追い越して歩いていて、ふと何故か突然　その顔を見たいと思った。それで途中で思い切って反転し、逆向きに歩き始めた。半身不随の姿が、足を引きずり引きずりゆっくりとこちらに近づいて来る。子犬は相変わらずあっちへこっちへと、忙し気に動きながら男に近づいて行き、遂に彼の二本の脚元《あしもと》に寄った。彼は小さな子犬を見て　フッと僅かに微笑んだ。私には一瞬　そのように見えたのだ。だが　その笑みの何と淋しくあった事か。

思わず「こんにちは」と彼に声をかけた。しかし彼は何も言わず、そのまま通り過ぎて行った。

私は何とない虚しさを覚え、目を上げて夕暮の迫る大空を見上げた。博多湾上空に漂う雲が悲しいほどの紅色に染まっていた。

深夜の便座

深夜の便座の事で二人で言い争った。
私が小用をしたあと
便座を降ろさないのが原因だ。
手探りでトイレに入って来た妻が
腰を降ろした瞬間
彼女の尻が深い谷間に落ち込むらしい。

「オシッコしたあと便座を降ろしてよ」
「自分で降ろせばいいじゃないか」
「眠くて目も開けられないのよ」
「こっちだって同じだ。上げて降ろして
なんて事してたら、完全に目がさめちゃう」
「便座は元々降りているのが正常よ
だから使ったあとは必ず降ろすものよ」
夜間の小用に僕は数回も行く。
一方、妻はその間のどこかで一、二回。
「だったらあんたがしたあと
僕の為に上げといてくれよ」
「ダメ！　私、ただでも寝不足なのよ
余計な事したくない！」
二人とも朦朧気分で用を足し
そのまま布団に潜り込みたい一心なのだ。

結局　便座を上げるのも下げるのも
当然　男である私の義務となった。
言い負かされ（不公平だなー）と感じる私。
世の男性諸氏よ
お宅では一体どうなんでしょうか？

映画—『生きる』

あの映画は良かった
人間いかに生きるべきか

結局は　人間　心で生きるのだ
その心が日々を生きるのだ

心が死んだままで
死んでゆく人間の何と多いことか

だがそれに耐えられぬ人がいる
あの映画の主人公がそうだった

初老の男は胃癌を宣告された
目の前が真っ暗となった

それまでの生の全てが索漠としてきた
偽りの日々は過ごせない

彼は小さな目的に向かって進んだ
彼の心がそこに真実を見出したのだ

苦闘し
そして休息が訪れた

男はブランコを漕ぎ
懐かしい歌を口ずさんだ

粉雪の降る公園で
彼の心は温かく鼓動を終えた

生きることの真実が
証されたような男の人生であった

きつけりゃ

老若男女の人々よ
きつけりゃ　いつでも横になればいい。
気分が悪けりゃ　横になりなさい。

横になる事は決して悪い事じゃない。
無理して立っとく必要はさらさらないぞ。

横になるのも　たまにはいい事。
世界が少し違って見えるだろう。
(体じゅう　平等に血がめぐって
　心臓もひと息つけるだろう)

横になるのは
砂浜、芝生、草原《くさはら》に限った事ではない。
そんなの　恋人　親友　我が子との
気分のいい時だけの事。
(だけど人生　気分のいい事ばかりじゃない筈だ)

めまいしてフラッとなった時は
静かに横になればいい。
吐き気がしてどうにも立っておれん時は
慌てず横になればいい。
(だけど　くれぐれも通る人の邪魔にならぬよう)
通勤途中の道で　会社の床《ゆか》で　学校の廊下で

どこでもいい
ベッドの上なら上等だが
板の上でも　土の上でも　石の上でも
横になって　目を閉じておればいい。
(勿論　目を開けててもいい)
そしてしばらく耳を傾けてみる事だ。
床板《ゆかいた》が何かわめくかも知れん。
石畳みが何かブツブツ怒るかも知れん。
「オイ、なんで急に儂の上に寝そべるんじゃ！」
「いつも踏みつけとるくせに、感謝もせんで！」
ベンチの傍の木の枝が　土が　草が
何か囁きかけるかも知れない。
「オイ、大丈夫か、あんまり無理するなよ」
「いつも立っとくばかりが能じゃないぜ」
「体《からだ》よわいのね。暫くゆっくりお休みなさいよ」と。
もしも校庭で寝そべる君に
級友が「どうかしたの？」と尋ねてくれば
「お空の雲を見てるの」と答えればいい。

もしも道端で寝ころぶあなたに　誰かが
「大丈夫ですか？」と声かけてくれれば
「すんません。ちっとばかし
　土の声が聞きとうなって」と答えればいい。
もしも道路を通りかかった幼児が
「何してるの？」と不思議気に聞いてきたら
「うん、君のお顔を
　下から見上げてみたかったんだ」
と答えればいい。
（大人はいつも子供を見降ろしてるからね）
だから横になる事は　少しも悪い事じゃない。
恥ずかしい事でもない。
ちっとばかし　普通と違った形をとるだけの事。
（昼間の世間は縦が普通だが
　それがちょっとの間　横になるだけのこと）

きつけりゃ　いつでも横になれ。
苦しけりゃ　いつでも横になれ。
青空見上げて　ゆっくり一息つくことだ。

「じゃあな」

ただ「じゃあな」とちょっと手をあげ
去って行くだけで　それでよいのではないか
うしろも見ずに
ただちょっと手をあげ
「じゃあな」と飄然と去って行く

「そうか、あいつ死んでたのか？」
「ついこの前まで元気に見えてたのになー」
「あいつ、一体、何時死んだんだ？」
そんな言葉が交わされあい
互いに頷きあいつつ
それで彼等も別れて行く
「じゃあな」「またな」と

自分は・・・・
そんな言葉の中の

あいつの一人でいいんじゃないか
「じゃあな」と手を上げ
いつの間にか消えて行ってたと言うような・・・・

少なくとも僕についてては
そんなところだ

終　幕

小さい頃　誰しもそうであるように
偉大でありたいと憧れた。
（あんな偉人伝など読まなければよかったのだ）
少年になっても青年となっても
何故か己の未来への自信があった。
偉大になりうるとの
根拠のない希望　憧憬に生きた。

ある日　ふと気付いた。
既に壮年を過ぎていた。
自分はちっとも偉大になっていなかった。
だが　まだ時間があると思った。
実際　時間は十分にあった。
十分にありすぎた。
だが　馬鹿者は努力を怠った。
ただ無為に時を過ごした。

今や人生の終盤にさしかかり
間もなく幕が降りようとしている。
そしてやっと　この劇への
自分の出番がなかったことに気付く。
「待ってくれ。まだ劇は終わっていないだろう！」
だがどう喚いても　どうあがいても
すでに厚い緞帳がスルスル降りかかっている。
舞台の裾に引き下がっていろと言われた。
そこから舞台を見つめながら涙を流した。
自分で自分を罵った。

「この三文！　この大根！」

天井からやさしい声が響く。
―泣くがよい。サメザメと
―涙で白粉を惨めに汚し
オイオイと泣くがよい
―そして絶望の中にも思え
果たして自分は何も出来なかったのかと
何も・・・・

いやきっとある筈だ。
何もかも駄目だった長い生涯で
唯一つ　誰にも気付かれず
維持されて偉大であったものが
そんな晴れの出番などと関係のないものが・・・・
それはお前の尽きぬ憧れではなかったか
何かとても遥かなもの
美しいもの　真実なもの　偉大なものへの崇敬

それこそお前がこの歳となるまで
失う事のなかった精神であっただろう。
その心いだき　静かに両の目を閉じる事だ。
その心いだき　静かにこの世の軛から離れろ。
そして広大無辺の宇宙へ
微塵となって消えて行け。

余命

新聞を手にして　ホーと気づく。
此の国の男の平均余命は八十とちょっとらしい。
ならば私の余命は
あとたったの四年か！
それ以上余分な命が何年与えられる？
覚束ない事だ。

ならば考えよう。
これからの人生をどうするか？
もはやクリエイティブな事は何もできぬ。
年寄りらしく　つつましく　品よく
だけどせっかくだから
少しばかり豪勢にも生きたい。
ならば　私にとってつつましく品よくとは
一体どういう生き方か？
少しばかり豪勢とは
一体どんな過ごし方か？
それは・・・・他人様には説明できぬ事だが
でも　でも　つまるところ
それしかなさそうだ。

つつましく　品よく　ちっとばかし豪勢に
自分にとってはそれが一番よい。

困ったおじさん

あのおじさん
いつも困った困ったと言ってるよ
それで『何で困ってるの？』と聞いてみたの
そしたら　大きいのから小さいのまで
いっぱいあるんだって
『大きい困ったことって、なーに？』
するといろいろむずしいこと言うんで
『わかんなーい』って聞くのをやめたの
でも小さい困ったことなら
わかるかもしれないんで
『小さいの教えてよ』ってたずねたら
また十か二十　いや三十も四十も
ブツブツグツグツいっぱい言うんで
『もー、やめて！』となっちゃった
「ふーん。そしてどうしたの？」
『そんなに困ったことがいっぱいあるんなら

みんな放りだしちゃえば』と言ったの
そしたらおじさん　にっこり笑って
「それもそうじゃなー　ありがとう」って
何かつぶやきながら行っちゃった
あれでよかったのかなー？
まったく困ったおじさんだよね

再　会

雑踏でふと気づいたあの顔
オッ　C君だ！

右前方　道路の端を杖をつき
足を引きずっているのは
まぎれもないC君ではないか。
人々を避ける様にひっそりと歩んでいる。

いつから杖をつくようになったのか？
伸び放題の白髪が風に吹かれて額をおおい
ずり下がったズボン　薄汚れた運動靴が
背景の風景を少しばかり歪めている。

学生時代
僕らは互いの下宿を行きあった。
雑魚寝した幾夜
時代を憂い　社会を呪い　やたら悲憤慷慨
シューベルトに涙し　それでも
未来はやってくると甘く信じていた。

「おい、Cよ」
追いかけ　声かけようとして
一瞬　声は胸の中にとどまった。
何故だろう？

その姿に生活の落魄を感じたか？
知りもせぬ彼の境遇に

余計な思いをめぐらせたか？
互いの心の平和を
少しでも大切にすべきと思ったか？
かえって彼が嫌がるとでも・・・・？
結局は　こちらの何かがひるんだのだ。
僕の心にも疲れがある。

なつかしさは一瞬であろう。
もはやそれすら煩わしい。
気まずい気持を心奥《こころおく》に押し込み
一体、何を話そうというのだ。
初老の悲哀か？
報われなかった過去への回想か？
互いの傷を舐めあうのはやめるがいい。

僕は足をゆるめ
ひっそりと右手の路地に曲がって行った。
わざと遠回りする僕の足は
彼以上に重く
のろかったに違いない。

風邪を引いた妻に

夫婦は時々怒鳴り合うのがいい。
それは人間に付与された貴い音声機能の一つだから
別に恥じる必要もない。
感情を高ぶらせ
相手を圧倒せんと精一杯の力を声に込めることだ。
そして　男は野太い声で
女は高音の極みの金切り声で
あるいはそこまで行かなくとも
ビシビシ　ズケズケと
互いに言いたいことを言うことが必要だ。
その瞬間
二人の共なる生活も
これが最後かと思われたりするが

十分、二十分　いや長くて一、二時間もすれば
嘘のように二人の心は穏やかとなるのだから。

怒鳴り合いは人間が失ってはならぬ
エネルギーの発散だ。
それもないような夫婦は
互いに枯れ木になるのを待ってるだけの事。
（それも悪くはないが・・・・）

だから妻よ　羊がメーメー鳴くような
か細い声で今日を送らないでくれ。
そのままあの世に行くような
そんな哀れな蚊声で応答しないでくれ。
言い合いは夫婦の生《せい》のバロメーターだ。
我ら二人が持つ内なるエネルギーの証だ。

「あなたのそんな考え　間違ってるわよ！」
ピシャリと言われて　ムッと
「なんだって！　俺のどこがいけないんだ！」
と気色ばって言い返す。
挙句の果ては
「だから、あなたのそんなところ大嫌い！」
お返しに
「お前こそくだらぬ事をヒーヒー言って！」
と互いに爆発しあう。
結局は疲れ果て　もうその後《あと》は何もなく
暴風の過ぎ去ったあと
がらん洞の心に吹き込むのは
自然が恵むそよ風か。
「お茶でもいれましょうか？」
「ウン、頼むよ」
長風邪《ながかぜ》を引いて久しい妻を横に見ながら
そんな以前が待ち遠しい。

生きる事

晩秋の朝早くバスに乗る。
野方《のかた》商店街の風景は今も変わらない。
どの店もまだシャッターは閉じた儘だ。
商店街前のあの舗道を
自分は毎日のように歩いたのだ。
あの頃はまだずっと元気でいた。
朝早くそして夕遅く
働く為にあの道を日々往復したのだ。
何だかんだと色々あったが
私はこうして今も生きている。
嬉しい事も辛い事も毎日のようにあった。
そして今も変わらずあっている。
だからこうして生きているのだ。
世の中に足を僅かに突っ込み
置いてけぼりにされぬよう
何とかしがみついている。

そんな自分はきっと
それなり生きる事を楽しんでいるのだ。
それでよい。
大切なのは慌てない事だ。
それが歳をとった者の一番の持ち味だ。
そう　慌てまい　うろたえまい
年寄りらしく　至極のんきに
ちっとばかし賢く
そうすればこのようにして生きるのも
満更すてたもんじゃない。
バスの中からボンヤリ街を見ながら
そんな事　思ったものだ。

素　直

静寂である
別室で妻はまだ眠っているようだ

五月の朝のまだ四時前
もう三十分はこの儘でいよう
だがもう一度寝入るのは不可能だ
枕元の本を眺める
聖書、仏教書、哲学書、・・・・
不揃いの中から取り出すのはいつもの一冊
ギッシングの『ヘンリ・ライクロフトの私記』
どこで買ったかも覚えていない岩波文庫
だが私の晩年の大きな慰めの一つである

読みつつ思う
（ああーこのように常に素直でありたい）と
この私記の主人公が私に教える人生は
自然に対し　己に対し
常に素直であれの一事
自然が与えるシグナルを己の感性のまま
忠実に誠実に享受している

やがて私は本を降ろし
ベッドの上で半身を起こす
そして深く溜息をつく
唯一つの思いは
（そうだ　己の人生に素直であろう）
ただそれのみ・・・・

塵埃

露伴による偉人伝の中に
—いわゆる時代の塵埃となって
終わる者もあり—　との文章あり。
時代の塵埃とは何と意味深き言葉か。
簡潔にして正鵠
まさに我らの生きざまそのものだ！

宙に舞い立つ塵埃も
陽光受けてきらめく時あり。

やがて静かに地上に降り散り
土中に消えて行く。
それでよいではないか。

再出発

もう七十八歳
再出発どころか
人生総括の時に至ったのだが
それでも　ある事について
また　一からやり直したいのだ。

考えてもみよ
この長い人生の何時　如何なる時にも
再出発かなわぬとなれば
人生は何と悲惨で哀れではないか。
人間　全て思い通りの生涯とは限らぬ。
平穏　栄光ばかり増し行く人間なんて希だ。

例えば何かの理由で学ぶ機会を中途で奪われた人
例えば何かで大切な人　大切な物を失った人
例えば罪を犯し　再び娑婆にオズオズ顔を出す人
例えば定年迎えて会社を去った男　女
例えば虚しい生活に別れを告げた女　男
実に数かぎりない人間が
己の過去に訣別し　再出発の時を迎える。

それで今日から
私は緑のランドセルを背負う老人となる。
机にかしこまり　真っ白いノートを拡げ
先生の大切な言葉を丁寧に書きとめてゆく。
私には私の言葉が与えられ
彼には彼の　彼女には彼女の言葉が与えられる。

それらはとてもシンプルな一行だろう。
—人生の再出発—
誰にもそれがあってよい。

コヘレトの教え

老いの身となった今
この一日一日をどう生きるか?

最近、病院運転手のNさんがこんなこと言っていた。
「ねー、先生、その日一日《いちんち》しっかり働き
夜、ひと風呂浴びて
ビールひと缶呑んで
何でも美味しく食べて
テレビ見てたら
もう俺、眠くなっちゃうんだ。
母ちゃん失くして
ずっと一人で生きてきてるけど
それでも俺
毎日を幸せに感じるね」と

ああ　私もそう思ってるんだ　Nさんよ
何だかんだと偉そうなこと聞かされ
もっともなこと　あれこれ諭されても
あんたの言うこと以上の幸せは思いつかんね。
そら　あの旧約聖書の
コヘレトとか言う所にも書かれてますよ。
—一日の労苦で得た金で飲み喰いすること
それで与えられる心の楽しみ程
良いものはない—とね。
私もまったく同感ですよ。

走り疲れて

生きるのに疲れたと
思う事はないだろうか
ふっと何気なしにそう思う事が・・・・

どんな駿馬でも
どんな奔馬でも
何時か必ず走り疲れるものだ
駄馬ならなおさらの事
そこまで我が身を卑下しなくとも
まっ　普通の馬かと思ってみても・・・・
六十年　七十年と生きて来て
髪に白さが増す頃　ふっとそう思うのだ

(もう十分に走って来たな) と
(そろそろ止まってもいいだろう) と
(ひと休みして) と他人《ひと》は言うが
休みは永遠の方が気が楽だ
何とはなしにふっとそう思うのだ

いずれまとめて・・・・

妻がある病気で入院する事となった。
約十日間、家は私一人となる。

「いいわね。朝の食事はパンとバターよ。
それと今まで通りのユデタマゴね。
十日分作って冷蔵庫に入れてあるわよ」
「うん」
「こっちがオーブン、あっちがトースターよ。
何ワットでどれだけあっためるか
紙に書いて貼っておくからね」
「あっちがトースター

こっちがオーブンだな」
「寝る前に窓の閉め忘れがないようにね。
玄関ドアは必ず二重ロックよ」
「うん、わかった」

仕事から帰ってドアを開け
「おーい」と呼びかけた。
暗い空間をじっと見つめていてハッと気づいた。
（あっそうか　あいつ居ないんだ）
全てはきちんと整えられて静かである。
冷蔵庫の中の惣菜とご飯をオーブンに入れ
教えられた所までダイヤルを回した。
浴槽は既に清掃され蓋が閉められている。
全てに納得後　いつも通りに満腹し
ビールをひと缶呑み焼酎を追加した。
いつも通りテレビの前に座り
いつも通りにウトウトとうたた寝した。
―あなた！　起きてお風呂に入らないと！

いつも通りの声が聞こえたと思って
ハッと目がさめたが　傍には誰もいなかった。
そうか　風呂に入らなきゃ・・・
その前にさっきの食器を洗わなきゃ・・・・
生ゴミを外に出さなきゃ・・・
そうかそうか　下着の洗濯もせにゃならなかった。
（洗濯機の使い方は妻から何度も教えられている）

ああ　飯を喰ったあとの気だるさで
全てが面倒だ。
だったら入浴は明日でもいいか？
（別に今日入らなくてもいいだろう）
洗濯は数日後にまとめてするか？
（別に今日しなくてもいいだろう）
（食器洗いも明日でもかまわんだろう）
生ゴミはまた来週まとめて出せばいいんだから。
もう寝ようとノロノロ立ち上がり
寝室に入ろうとして　入口の張り紙に気付いた。
―あなた　守ってくださいね

入浴、あとかたづけ、ゴミだし、戸締り
ユーターンして風呂湯のスイッチを押した。
食器を洗った。
生ゴミを出した。
玄関ドアを二重ロックした。
そして熱い湯に浸りながら思った。
ああー　これが男一人住まいのパターンなんだ。
何もしないでおれば
今日が崩れ　明日が崩れて　さらに・・・・
いずれ足の踏み場もないゴミ屋敷となるのだろう。
臭いシャツ　小便まみれのパンツ　食器の山の中
便粒を体中にくっつけ
大きなゴミになって死んで行くのだろう。
—毎日やってないと全てがダメになるのよ
　最後まで人間らしくしないとね
なるほど妻の言う通りかも知れない。
それでもやっぱり何もかも面倒臭い。

老齢の身体不自由な男がそう思うのは当然だ。
（洗濯も　入浴も　ゴミ出しも
　無理に今日でなくてかまわんだろう）
（そう　二、三日後にまとめてやれば・・・・）
（その時は俺もきっときちんとするさ）
（いずれきちんと・・・・）

更に彼はきっとこう思うのだ。
（ついでに何もかもまとめて・・・・）
（そして残りの人生　この体も
あとかたなく全てきちんと
ゴミと一緒にゆっくり焼いてもらおう）と。
そんな孤独老人の気持ちがよくわかる。

一人　そんな事を考えながら
いつ迄も湯に浸っていた。
だが妻の言う
—最後まで人間らしく　とは
一体どういう事なんだろう？

ざわめきの中で

Nが死んでいた。
同窓会の集まりでそれを知った。
この一年、顔を見なかったが
物故者名簿の最後に彼の名があった。

あんなに元気に見えてたのに・・・・
認知の妻の世話が大変とこぼしていたのに・・・・
どうして彼が・・・・?
一体何の病気で・・・・?
まさか自分で自分を・・・・?

だがテーブルの仲間達は
大した事でもないかのように
ビールを飲み互いの肩を叩きあっている。
そんな喧騒の中でふと思った。
—(この歳ともなれば

いつ死ぬのもおかしくはないのだな)

じゃあ一体　人間はいつ死期を感じるのか?
いや　感じさせられるのか?
—(おっ　俺はまもなく死ぬのかな)と。
それは一体どんな感覚なのだろう?
それはどうにも抗い難いものなのか?
肝腎の諦念はいつ訪れてくれるのか?

左隣のYも右隣のTも
いずれそのようにして去ってゆくのか?
歳月はこのようにして
仲間を一人一人テーブルから取り去って行く。
いずれ自分も何事もなかったかのように・・・・

あのNが死んでいた。
この集まりに欠席通知も出さず
ふっと消えて行ってた。
ざわめきの中　一瞬とても淋しくなった。

知足安分

長寿を目的にして生きるな！
今日の一日に明日の一日を加えようと
その為にのみ生きるな！
九十歳　百歳　更に百十歳を目標に生きるな！
ただの健康だけを目標に生きるな！

長寿を誇ろうとするな！
「そのお歳で凄いですね」の言葉に踊らされ
ことさら若く見せようと
醜悪な動きを人前《ひとまえ》で見せるな！

他人の歳　他人の元気を気にするな！
比較は馬鹿げた思い　老醜のなせるわざ
幾つで死のうが何で死のうが
それはすべて己で始まり己で終わるだけの事。

日々の活動は
与えられた一日を素直に生きるに尽きる。
ひたすら周りを愛し　周りに誠意を尽くせ。
ならばいつ消えて行っても
お前の人生はそれでよいではないか。

友からの便り

最近　ハモニカをふきづらくなったんだって
唾液でむせるようになったんだって
もうあの「荒城の月」を
うまく吹けなくなったんだって
それでも皆で集まる時には
一声《ひとこえ》かけてくれよだって
だけどハモニカは持って行けないから
皆の話を聞いてるだけでいいから
その時は必ず声かけてくれよだって

そうだなー
本当にそうだなー
きっとそうするよ
でも何と淋しい事だろう
もう君のあの「荒城の月」が聴けないなんて
歳とったんだなー
友よ
君も僕も

雑沓の中へ

F君よ　M君よ
どうして君等はそんなに小さく縮んだのだ？
何時のまに？　何が原因で？
四年ぶりの同級生の集まりを終えて
別れる際の挨拶は

「じゃあな」
「元気でな」
「また会おうや」だ
十年前ならそれは確かな約束と言えただろう
だが今は互いに覚束ない言葉と知りながら
何か言わずには去って行けぬから
つい口をついて出るだけの言葉だ

背を丸めて
雑踏に消えゆく二人
以前はもっとシャキッと背高だったのに・・・・
FもMも男の魅力に溢れ
僕を嫉視させていたのに・・・・
どうして君等はそんなに小さくなったんだ！
どうしてそんなにみすぼらしくなったんだ！
あれは僕が知ってたFじゃない
Mでもない

じゃあ　ここにぼんやりつっ立って

二人を見送ってる自分の姿はどうなんだ？
ため息ついて歩き始めた自分はどうなんだ？
そんな自分をどこからか見てみたい気がする
着ているものは
それなりみすぼらしくないだろう
この日のため妻が選んでくれたのだから
でも　きっと小さく縮こまって
如何にも年寄り臭くノロノロ歩き始めたんだ
忙しげな雑踏の中へ
生ゴミのように消えて行ってるんだ

秋の夕日を身に浴びながら
おおーい　Ｆよ　Ｍよ　そして年老いたお前
君等は一体どこに消えて行くのか？

ニューギニア戦線

「みんな、次々と死んでいっての
まるで軍服を着た
骸骨の軍隊じゃったよ・・・・」

テレビで
九十六歳の老人が声をつまらせている。
両目がうるみ、次の言葉が直ぐには出ない。
やがて老人は「ウウッ」と嗚咽した。
次に登場した老人も
同じように目をしばたたかせ
タオルを口におしあてた。

耄碌し昨日の記憶も定かとならぬ
この歳となっても
なお彼らは涙を流すのだ。
流さざるを得ぬ涙

とどめることの出来ぬ涙
密林の酷熱の思い出の籠った血の涙
ただの一割にも満たぬ生還者の中に
己が含まれてしまった事への
慚愧　やるせなさ　むなしさ・・・・

戦後八十有余年　元将兵の証言は
埋めても埋めてもなお埋まらぬ
果てない空洞のようである。

馬　齢

今　頻りに気になる事は
他人《ひと》の逝去の年齢とその生き様
中勘助は七十九歳で死んだ

なのに私はもう八十を越してしまった
彼の『銀の匙』における老婆へのひたむきな愛
詩　短歌　短編それぞれに妙味ある晩年の創作
その孤独な人生は
清らかな素直さで満たされていたように思う
思えば賢人の静かな生涯である
なのに私はもう八十を越してしまった

時と言うもの

久しぶりの良い夢だった！
誰かに連れられ
花摘みに真昼の園《その》を歩んで行った。

その誰かがどこの誰で
その花が何の花だったか
もう思い出せない。
夢の中で自分は穏やかに幸福だった。
目ざめた時　ホーッと安堵の息をついた。
大体いつも見るのは悪夢ばかり。
どこかの町で迷子になるか
大学の出席日数が足りないか
包丁もった強盗に追いかけられるか・・・・
目ざめた時はいつも
「またか・・・・」と憂鬱だったのだ。

さて今日は東京へ発つ日
朝の満足が今日の幸運を期待させる。
何しろ『会いたいな』
『でもこのコロナじゃ、今は無理だ』で過ぎた
旧友との三年ぶりの再会だ。
「迷子になると困るな」
冗談めかして一言呟き

すぐに現実に引き戻される。
「マスクは持った？
もう一つはトランクに入れてありますよ」
「お金はある？　携帯は？」
「まあ、あなた！
ズボンのチャックが開いたままじゃないの
年寄りの一番の恥よ
誰も注意してくれないわよ」

悄気かえりながらも
だが　これこそが老齢なんだと開き直る。
悪夢で迷子になるのも
花摘みの夢で幸せになるのも
大都会に不安を覚えるのも
ズボンのチャックを閉め忘れるのも
全ては加齢のなせる業
気にしても仕方なかろう。
だが・・・・
新たなウイルスの侵入でポッカリ開いたこの時空

それが取り返しつかぬ日々となったかどうか？
―私にはわからない。
きっと・・・・誰にもわからぬ事だろう。
ただ、今はあれこれの混沌すてて
新しい時の中にわけ入って行くのみだ。

「じゃあな」
そう言って勇躍　玄関をあとにする。

Kさんの事

先日、一通の喪中葉書を受け取った。
―母○○、今年八月○日、九十歳で天国に召されました。生前は・・・・。
かつては淑やかに　だが凛として美しく
その清らかさは痩身に溢れ
全ての生徒から学園のマリア様と慕われたK女史
キリスト信徒として
常に公正で　自己に厳しく
だが他者にはやさしさの極みの女《ひと》であった。
信仰と希望と愛の実践者
彼女は確かにその通りの人であった。

五年前の事だった。
骨折後のリハで入院してきた彼女に偶然出会った。
(僕はその病院の内科医師だったのだ)
病室を訪れると
老いた顔に何かの異変を感じた。
それでも彼女は微笑みながら半身を起こした。
「まあ先生、おひさしぶり
ここにお勤めだったんですね」
そして　いきなり聖書を差し出した。
「ピリピの○章○節を読んで下さいません」と。
大部屋の他の患者達がこちらを見ている。
僕は戸惑った挙句「忙しいので」とお断りした。

翌早朝　エレベーター前で
ボンヤリつっ立つKさんを目にした。
挨拶しようと背後に近寄り
両足が突然停止した。
彼女のガウンから黄褐色の大きな塊が
ズボッ　ズボッと床《ゆか》に落ちたのだ。
たちまち異臭が周りに漂う。
それでも彼女はただボンヤリと
前を見つめ乗り物の到着を待っている。
周囲には誰もいなかった。
僕は慌てて近くの診察室のドアを開け
一人のナースを呼び寄せた。
便塊を指さし
「あれをお願いだ。そしてあの人も・・・・」
それから僕はそっとその場を離れて行った。
彼女に気づかれる事なく・・・・
リハビリ治療が終わり

Kさんが退院されるというその日
僕は病院玄関で彼女を見送った。

年老いても慎ましい気品に溢れた彼女は
晴れやかに僕に頭を下げた。

「先生、お世話になりました」

「いいえー、僕は何も・・・・」

傍につきそう息子さんに師長が耳打ちしていた。

「かなり認知が進んでおられますよ」

息子は顔を赤くし目を伏せていた。

彼女の後ろ姿に何かを感じた。

確かに何かが起こっている。

はっきりした機能の退化だ。

その清く美しい生涯とも
非の打ち所ない信仰とも無関係に
神経細胞の破壊が進んでいる。

だが　Kさんの去ったあと
僕は廊下を歩きながら思ったものだ。
女王様だって　どこかの大統領だって

お釈迦様　キリスト　あのマリア様だって
毎日ウンコし　オシッコし　またオシッコし
そんな生命活動の上に
女王の権威があり　大統領の威令があり
復活への伝道があったんだ。
だから　そこのところ
つまり　生理上の秘密とされるところは
誰も彼も全く一緒じゃないか。
本来　隠されたまま生涯を終えるところが
仕方なく人前にさらされるだけじゃないか。

だが　それにしても機能の衰えとは
何と悲しいものか！
世の多くの老人が逃れられれぬこの運命
当り前の日常からの脱落
赤児へのゆるゆるした回帰
僕はその時　階段を昇りながら溜息つきつつ
もうこんな事　考えまいと思ったものだ。

そのKさんが亡くなられていた。
八月　炎天のあの酷暑の中で
ひっそりと

混沌の世

福岡市東区の田んぼの中の
古ぼけた介護老健施設の階段を昇っていて
ふと――棺《ひつぎ》は地に満ちて――と言う言葉が
脳裏をよぎった
遠き地の戦火の事だ。
何とかならぬのか！
あの無惨な殺戮　あの絶えない悲しみは・・・・
あれらの禍《わざわい》に　一体いつ終止符がうたれるのか？
階段一段昇った時
ふと「ペシャワール便り」中の写真を思いだした。

乾ききった大地に
えんえん続けられる壮大な灌漑作業
生きる為の水を求めて
薄汚れた白衣の男たちが蠢いていた。

ああー　世界の混沌よ
人々はかように日々殺し合い
まさに棺《ひつぎ》は地に満ちて行く。
だが　人はまた生きる為
かようにも日々大地に鍬を振るうのだ。
そして私は・・・・
百人の認知老人の介護に向かい
今日もまた　一段一段の階段を昇る。

老女の日課

「センセー、わたし明日帰るわよ」

「ああ、どうぞどうぞー」

五分ほどして
また慌ただしく詰所に顔を突っ込んで来た
「センセー、明日、迎えが来るからね」
「えっ、ほんと？　聞いてないけど」
「じゃあ、娘に電話で確かめてよ」
「娘さんは昼間は電話に出ないんだ」
「じゃあ、夜してよ」
「夜は私が家に帰ります」

十分後
「センセー、わたし明日帰らなくちゃいけないの」
「ふーん、明日ねー」
「帰る前の診察してくださいよ」
「今忙しいからまたあとでね」

ああ　Sさん
あんたの言う娘はもう迎えに来ないのに・・・・

天国であんたを待ってる身だけなのに・・・・
このなんともやりきれぬ一日十数回の日課
病室を出て詰所への往復歩行
それが彼女の元気の元ではあるが・・・・

Sさんあんたが家に帰るその明日は
永遠に来ないのに・・・・

枯木の姿

Iさん　八十六歳の老婆
悲惨とも思える女の一生が
今　終わりかけている。
うつ病の息子の自殺を機に
彼女は重度のアル中となった。
更に彼女を献身的に世話していた夫が死亡
娘は二人いたが
次女が統合失調症を発病し
長女は家を出て遠くに去って行った。
それで治りかけていたアル中が再燃
そんな彼女が辿り着いた終《つい》の住みかが
この介護老健施設である。
「私が愛された事は一度もなかったです
だから母が死んでも会いには行きません」と
長女は母との面会を厳しく拒否する。

そんな老婆は今　冬の枯木にも見える。
「導尿カテーテルの挿入部を痛がってるんです
　背中の褥瘡も見てあげてください」
それで全身素っ裸の痩身の会陰部が眼前にある。
まるで枯木の一箇所に白黒の葉が残る印象だ。
そこはもはや恥部でも秘密の園でもなくなった。
だが八十六年の生涯がこの体を創り上げてきた。
その事実に想い到る時　自ずと畏敬の念が湧く。
―　眉逆立ち　三角まなこ窪みたる
　この面つくるに八十年かかりし

牧水の妻だった喜志子氏の歌である。

老いた人達へ

―もっと若ければ・・・・と決って口にする。
―もう歳だから・・・・と逃げてゆく。
―もう長くないから・・・・と常に諦めている
そんなネガテイブな言葉は聞き飽きた！
何がそんな弱気をお前に起こさせている。
何がお前をそんなにも無気力にさせている。
残された年月が問題なのではない。
感受性の喪失が問題なのだ。
気力の有無　エネルギーの維持が問題なのだ。

「老人」とか「青年」とかの言葉にとらわれるな！
老人の中にも青年がいれば
青年の中にも掃いて捨てる程に老人がいる。

あと何年生きれるかと言った
馬鹿げた思いは捨てろ。
そんなあの世待ちの期待で
今の「生」を侮辱するな！
死ぬときは死ぬんだから！
それは一年先の事かも知れぬし
二十年先の事かも知れぬ。

今からでもやるべき事はあるだろう。
取り組むべき事はあるだろう。
その「成果の有無」を思い描くな。
それはお前が決める事ではない。
それは「全能者」の仕事である。

今はただ
やる事をやり始めるしかないではないか！

どちらが先に死ぬだろう？

老夫婦二人でこんな話
「おれが先に死んだら　お前は・・・・」
「何を言うのよ。病気いっぱい持ってる
　私が先に死ぬと決まってるわよ。
　貴方はまだまだ生きるわよ」

私達二人は互いの生死の予言者だ。
私と彼女は六つ違い。
さて　この予言はどちらが先に当たるのか？
私の老衰が先か？
それとも家内の病死が先か？
近頃はそんな呑気な生存競争が楽しみだ。

だが　結局のところ
私達はきっとこうなるだろうと思っている。
天空に昇った一人が
連れ合いを見降ろしながら呼びかけるのだ。
「そーら見ろ。やっぱり俺の方が先だった。
　この世のならい通りにな」
あるいは
「ねっ、やっぱり私の言った通りだったでしょ。
　あなたは百をこしても大丈夫よ」

そして
「まあ、もうちょっと適当に楽しめよ」とか
「ゆっくりおいでなさいよ」
とでも言いあって
上と下　互いに笑いあうのである。
「ワハハハハッ」「ホホホホッ」と。

ごはん食べよるね？

私が勤める介護老健施設

その施設長室の前の廊下から
どこかの息子や娘の大声が聞こえてくる。
―（新型コロナの蔓延で
　面会禁止を施いて久しい
だが老人の孤独はよくないとの方針で
テーブル中央にアクリル板をおき
午前と午後　各二家族のみ
　時間制限の面会をして貰う事となったのだ）

「お父さん、聞こえる？
　わたし、マサコよ。マーサーコ
ご飯、ちゃんと食べよるね？」
大声で娘が父親に呼び掛けている。
暫くして「うん」とのしゃがれ声
やがて娘は「じゃあね、しっかり食べるんよ」と
何度も念おしながら帰って行った。
続いて別の親子の声が聞こえてくる。
「お母さん、俺が誰かわかるかね？
　あんたの息子のシンイチばい。シンイチ！」
だが、母なる人の言葉は
耳を澄ましていても何も聞き取れない。
「ご飯、食べとるね。しっかり食べんとあかんよ！」
彼の母は何と答えたのか？

午後にやって来た老女の妹と言う人
彼女も同じ事を姉に向かって叫んでいた。
「お姉ちゃん、ちゃんと食べとる？
　しっかり食べんと死ぬよ。死んだらだめよ！」

今日、明日の生命《いのち》に関わる事への叱咤と激励
家族がいちばん気にする内容のその言葉
「しっかり食べよるね？」
ああ　それは何と悲哀の籠もる言葉であろう。
喰わなくなったら人間様からオサラバなんだ。
喰う事だけがこの世と繋がっている老人達
だがそれでもそれは　その言葉は
何と底知れぬ温かみを持つ問いかけではないか。

—「ごはん食べよるね？」—

御国《みくに》へ

私も家内も
キリストの教えに繋がる人間なんです。
でも私達は他のクリスチャンに似ず
この数年　真面目に教会通いしませんでした。
私達が教えの道に怠惰となっていた事
それは認めざるを得ません。
でもそれだけではないのです。
通っていた教会にも私は問題を感じたのです。
(ああ　キリストの御名《みな》は
どこにでも　どのようにでも冠せられますが
その本質に近く留《とど》まる事はとても難しいですね)
私は決して遊んだのではありません。

私は遊び人ではないのです。
だがこの数年
何故か深く仏様を慕って行きました。
(一方　家内が教えから遠ざかったのは
はっきりと私に責任があるのです。
彼女は私以上に真面目に生きてきましたから)
だが私達はもはや歳をとりました。
いずれ死の使いが私達を訪れるでしょう。
もしかしたら妻が先かも知れません。
でも私達はやはりクリスチャンです。
その資格を失いたくはありません。
天国・地獄なんか信じていなかった私も
今では　やはり妻を
天国に置いてやってほしい気持ちです。
そして　彼女から離れるのがとても辛い私も
一緒に天国の隅っこに置いて頂きたい気持ちです。
あのお方から　一番遠い隅っこで結構です。
(砂浜の白い貝殻のかけらにも似て
みすぼらしいこの夫婦二人を

どこかに置いてやっていただけませんでしょうか。
私は家内の背の後ろに隠れておりますので・・・・）
おお　虫のいい事を言うなと叱らないでください。
どうかよろしく　はい　どうか・・・・

認知症の哀れ

認知症を美化する事は出来ない
何故ならそれは決定的に醜だからだ
「盗られたの　きっとあの女よ！」
と騒ぐのは醜態だ
所かまわず放尿するのは醜態だ
便塊をチリ紙に包み
枕の下に隠すのも醜態だ
「バカー　バカー」と一晩中怒鳴るのも醜態だ
人間として最低の姿だ
歳とれば当たり前の事ではなかろう

周りに苦悩と疲弊をもたらす認知症を
どうして当たり前とかたづけられよう
それは間違いなく人間としての醜態である
何故　彼等の人生はその前で終わらなかったか？
終点はそこではなかったはず
人生と言う列車が終着駅で止まらず
余計な架線に入ってしまったのだ
ブレーキの壊れたボロ列車が
車両止めをぶち壊し暴走しているのだ
無惨に壊れてコナゴナとなるまでに

それを哀れと言えないか？
悲しく「哀れ」と言ってはいけないか？

入所初日

今朝方　この施設に入所したばかりのお婆さん
私の肩にも届かぬほどの小さなお婆さんだ。
廊下ですれ違ったあと
通りかかった介護士さんに何か尋ねている。
「あの人、誰かだって？」
振り返ると五、六メートーも離れて　お婆さん
不思議なもの見るように私を指さしている。
「あの人、センセーよ。センセー
　ここで一番偉い人よ」
すると　いきなり両足揃えてかしこまり
深々とお辞儀をした。
私は心の中で恐縮し
（いえいえ、一番偉くはありませんよ
　先生は、お婆さん、あなたですよ
　だって私より先にお生まれになったんだから）
ペコリと頭を下げると
お婆さんもまたペコリ
私もまたペコリ
互いにペコリを二度づつやった
これから『なにとぞよろしく』と言うしるしだ。

ああ　もうすぐ三月だ

終着駅

もう八十一歳になった
大学時代の仲間の三分の一が他界した
そんなにいつまでも生きれないのだ
そろそろ自分の番かも知れぬ
いつ頃死ぬのかそれがわかれば
ありがたいが・・・・

死ぬ前に片付けねばならぬ事が
それこそ山のようにある
沢山の蔵書　日記　メモ
調度品　建物　土地　子供たち
そんなことより　これまでの
人生の迷いを一体どう整理する
お前のキリスト教信仰はどうなった？
クリスチャンの貴い肩書までいただきながら
今ではむしろ仏様の教えに惹かれて・・・・
それは深く悩ましい心の問題だ
死神《しにがみ》という化け物がいるそうだが
蝋燭の残りの長さを教えてくれぬものか

仮にあと四年と仮定して
四年の間に一体何ができるだろう？
列車が二本の長いレールの上を走って行く
共に乗ってたあの人この人が次々と下車してゆく
私が降りる駅は一体どこなんだろう？

良寛の教え

—死ぬ時節には死ぬがよく候—
おお　何と言う麗しい言葉か
「死」の大事を
このようにほんのりと抱擁し
また冷たく突き放して・・・・
良寛和尚の教えは貴い

ならば今生きている私は
この大愚に倣って
こう叫んでもよいであろうか

眠れぬ時には眠らぬがよろしかろう
倒れそうであれば倒れるがよろしかろう
病せまり来れば病に沈むがよろしかろう
ぼけが襲うならたっぷりぼけるがよろしかろう
悩む時には悩むがよろしかろう
苦しみ来たれば苦しむがよろしかろう
それらを総じて
今も生きておれるなら
今を生きておるがよろしかろう

それからやっと辿り着く時が来る
—死ぬ時節には死ぬがよろしかろう　と

延命

突然のストロークは
この五尺の老女の
全ての機能を奪った
気管切開　レスピレーター装着
何故か　家族は更なる延命を希望したのだ

入院直後
あんなにもしげしげと
寄り添っていた家族と親戚
なのに彼らの姿を見なくなって
半年有余
甲高い孫達の騒ぎ声も
今は絶えて久しい

週に一度　山のように
スーパーのオムツを抱えて訪れる息子

「いやー　店の仕事が忙しうて・・・・・
　申し訳ありませんなー」
仕方ないことだ
彼等にも彼等の
生きる毎日があるのだから

誰も来ない病室で
今日もシューシューと
人工呼吸器の音させて
静かに昏々と眠る老女
生き続ける事の何という淋しさよ

生きるとは

―意味のない余生なんてあるもんですか！
識者は必ずそう言う。
―どんなに疲れた晩年も
―どんなに汚れた毎日も
―どんなに惨めな認知の日々も
それなり意味があるんです。
それなり意義があるんですと。

彼等はそれを強調してやまない。
だが本当にそうだろうか？
意味の無い生と言うのがあるのでは？
僅かの意義すら見出し難い
生もあるのではないか？
己の論理で　経験で　思い込みで
きれいごと言ってるだけではないか？
よくよく考えてみようと思う。

八十五歳の先輩が手紙をよこした。
―君、もうあの世に行きたいんだ。
―これ以上生きるのが辛いんだ。
―うつ病の薬も効かないよ。
―点滴の中にカリウム入れてくれませんか。

―自分ではどうしても死ねないんだ。
綿々と続く苦悶の文章
一体、何が彼をそうさせているのか？

だが　自分の生は自分で決めるしかない。
自分の死も自分で決めるしかない。
他人が他人の願いで
他人の生死をはからう事はできないのだ。
生死は己自身のもの
周りの我等はただ
静かに見守るしかないように思う。

死に行く人に

死に行く人に　時は慈悲深い
静かにゆっくりと時間を運んでくる
時は知っているのだ

これ以上せきたてる必要が
どこにあるかと

窓の向うに見える雲だって
それをわきまえてるかのように
じっととどまって動かない
死に行く人への
敬意を忘れないでいるのだ

病室でまもなく時が停止する
周りの全てが停止し
光が静かに死者を蔽う

帰宅願望

「せんせー、帰りたいよー
家に帰してよー」

認知とされた老人がオーオーと泣く。
「今日帰してよー
　明日でもいいわよー」
だけど息子は頑として拒否
「困る！　困りますよ
　夫婦共稼ぎで誰も世話できんのだから
　絶対帰さんでくれ」と
入所者の切ない訴えと
家族からの電話での返事
そんな押し問答が延々続く。

この前まで我が家だった我が家
それが今は入国困難な外国となってしまった。
「短期間だけでもどうですか？
　その間デイサービスを使えば・・・・」
それでも息子夫婦は頑として拒否
私達の生活も考えてくれとばかりに。

この果てない悲しみの原因は？

認知となった年寄りがいけないのか？
どんな負担も拒否する家族が酷なのか？
もし私が入所者のひとりなら
自分で自分を始末できなくなったら
私の方が我慢すべきとそう思う。
どちらかが犠牲を覚悟するなら
自分が覚悟しなきゃ仕方ない。
家族には家族の楽しみ　生活があるんだ。
それを壊してはならない。
たとえ自分が彼らの親であっても
「あの家は私の家なのよ！」であってもだ。

自分で自分の始末ができなくなったら
誰かの犠牲が必要となってくる。
誰かに始末をお願いしなきゃならない。
家族にそれを求めるのはやめておけ。
今まで通りに家で過ごしたいとは
どうあってもそれはワガママとなる。
ワガママはもう抑えなきゃ・・・・。

つまり歳をとっても生きるという事は
己を犠牲にすると知る事だ。
その覚悟がないと歳をとれないんだ。
歳をとっても生きていけないんだ。

だったらこの施設で我慢するしかないだろう。
いずれにしても住めば都じゃないか。
どうしてここが異郷なんです？
どうしてあなたが高齢難民なんです？
どこに行っても同じですよ。
どこで死んでも同じですよ。
一人でどこかに生まれてきたんだから
一人でどこかで死んでゆくだけの事ですよ。
と、私はそう思うのだが・・・・

それでも老人は今日も泣く。
「オーオー、せんせー、ふちょうさーん
　おうちに帰りたいよー」と。

昏々と

神さま
彼は今も昏々と眠っています。
そう　ただ昏々と
両の眼を閉じた儘
もう何も言いません　答えません。
だが　何か思っているのでは・・・・？
時々　口がモグモグ動くのです。
一体　何を思っているのでしょう？
若い日　少女達と一緒に唄った歌でしょうか？
陽光煌めく海で　友と泳いだ夏の歌でしょうか？
奥さんとの苦しかった生活の日々の歌でしょうか？
でも　彼の妻は傍にはおりません。
体が不自由なのです。
週に二度ほどバスで来て　ここまで歩くのです。
一言「御迷惑かけますねー」と頭下げ
重たげに足を引きずりながら帰って行かれます。

会社勤めの息子は一度も顔を出しません。

神さま　スタッフの皆が
こうして毎日を過ごしています。
あの老人が今日　明日にも死ぬかと
明日までにはきっと死ぬのではないかと
そう思いつつ　ただチラッと見ては
通り過ぎてゆきます。
でも　老人は死にません。
ただ昏々と眠り続けるのです。
もう何も喉を通りません。
点滴も入りません。
まるで九十年の生涯でたまった体中の水を
使い果たそうとしているようです。
神さま
あの老人は何時
御許《みもと》に昇って行くのでしょう?
それをお決めなさるのは貴方のみです。

老人は今日も昏々と眠り続けています。
ただ昏々と・・・・

認知棟の詩（一）

「シェンシェー　シェンシェー」
館内に響き渡る大声
するとこだまに似てどこからか
「かんごふさーん　おねえーさーん」と
こちらでド・レ・ミと喚けば
あちらでファ・ソ・ラと喚き返すのだ
(ワッ　また始まったな)

Aさん
「帰りたいよー
ねー、婦長さーん、家に帰らせてよー」
「あら、アヤさん、あんたの帰る家は

どこにもないわよ。一体どこに帰るのよ」
Bさん
「痛い！　痛いじゃないの！　この馬鹿！
あんた死刑だよ！」
「ごめんね。でも毎日体を動かさないと
もっと痛くなるのよ」
Cさん
「先生、わたし明日朝、帰宅しますので
薬を整理しとってね。息子が迎えに来ます」
「えっ、息子さんからは何の連絡もないですよ」

かくて彼女等は一日中咆哮し
エレベータの前を徘徊する
「かんごふさーん、大変よ。
また盗まれたのよ。大切なセーター
泥棒よ！　そらあの人よ、隣のベッドの女
警察に知らせてよ。もう五回目よ」
「シェンシェー、シェンシェー」とド・レ・ミ
「おねえーさーん、きてー」とファ・ソ・ラ

ああそんな元気でも示してくれないと
AさんもBさんもCさんも死んだのかなと
こちらが不安になる

混沌　狂騒　今日一日のエネルギーの爆発
からみあいつつ　もつれつつ
どこかに向かって　彼等　彼女等は
押し合いへし合いよろめきながら進む
何かの群れのように

行き着く果ては
静かな音なき墓の中であるか・・・・

認知棟の詩（二）

ただ幼児に近づいているだけじゃないですか
素直《すなお》な昔に戻っているだけじゃないですか

オシッコ　うんこを
他人《ひと》の手で処理してもらい
食べ物　飲み物を
他人《ひと》の手で口に入れてもらう
陰部も尻も自分で拭けなければ
他人《ひと》に拭いてもらうしかない
日にちがわからない
時計の絵がかけない
あんたが誰かもわからん

そんなふうになりたくないと
いまさらうろたえなさんな
うろたえても仕方がないんだから
それが当たり前なんだから
それが自然な流れなんだから
人間はそんな自然の一部なんだから
マラソンの折り返しを過ぎたからには
もはや後戻りは出来ないと言う事

ただ　終わりに近づいているだけと言う事
人間は赤ん坊で生まれて
赤ん坊に還るだけと言う事

だから素直に生きて
素直に崩れて行くだけの事
自然の胎に戻って行くだけなんだから

孤独老人の願い

世間は言うのー
孤独老人がとても増えてきたと
独居で閉じ籠もり
部屋ん中をゴミだらけにし
家の周りを汚のうし
この世とのシガラミ一切断ち切って
誰にも会わず

誰にも看取られず
ひっそり死んでゆく老人が増えたとな。

でもな　なんでそれがいけんのか？
それでもええじゃないか。
ほっといてくれと儂は言いたいんじゃ。
孤独が何で悪いんか！
淋しそうで可哀相じゃと？
いんや　儂はこの淋しいのが好きなんじゃ！

孤独がなんで悪いんねん。
家ん中が汚のうて　なんで悪いんねん。
そりゃあ　体が動く間は
出来る限りきれいにしとったつもり
じゃけど　こがいにも
動けんようなったら仕方なかろうが！
まあ　そのうち息が絶えるとしても
たった三日か四日でけりがつくじゃろ。

その間　少々汚うなるが
世間に疫病まき散らすわけでもねえ。
糞と小便で少々臭うなるじゃろが
たかがしれとろうが。
まあ　他人《ひと》に迷惑かけるところは
多少はあるじゃろう。
じゃけん　許しちょくれよ！
今は大小便もまだなんとか一人でやれる。
じゃけん　今は大目にみてくれや！

この命つなぐのに
別に旨い物　喰いたいとは思わん。
フランス料理もインスタントも
腹ん中に入りゃ同《おんな》じじゃねえか。
３ＬＤのマンションも
トタン屋根の掘っ立て小屋も
雨風さえしのげりゃ
どっちだってかまやーせん。
（ただ　炬燵だけはほしいのう）

顔も洗わんし　歯も磨かんから臭いって？
ほんなら　会いに来るな！
この老人の　今日のため　明日のため
そがいにワーワー騒がんでくれ。
金なんか殆どいらんよ。
何を食べようか？
何を着ようか？
どんな所に住もうか？
あくせく悩んでどこに益があるんじゃ。
馬鹿な医者の手で
ひと月　ふた月　寿命のばして
なにがありがたいな。
どこが嬉しいな。

ほっといてくれ！
余計な世話はせんでくれ！
好きなようにくたびれ
好きなように倒れ果て
好きなように死なせてくれ！

決して怖《こお》うはねえ目の前の闇に向かって
この道をトボトボと一人で行かしてくれ。
我が儘かも知れんが
なっ　儂の最後の願いじゃ！

大動脈瘤の老女

神さま　御存じでしょうか？
彼女は腹に大きな塊を抱えています。
腹部大動脈瘤と言う
赤児の頭くらいの塊です。
外科の先生から
「もう何もしません」と告げられています。
何故ならもう百歳近いから・・・・。
何時破裂してもおかしくないそうです。
彼女は死ぬ事がよくわかっていて
「そんときゃ、この赤ちゃんと一緒に死ぬんよ」と淋しげに笑っています。
認知症はあるにはあるが
そうひどくはないんです。
重たげに下腹を支えるようにして
介護士に助けられ車椅子に移ります。
娘二人はもう絶えて見舞いに来ません。
上の娘は「死んでから連絡して」と言い
下の娘は精神科病院に通っています。
―血圧を上げないように―
それだけが施設長としての私の指示です。
神さま　それでよろしいでしょうか？
でもあなたは　この女性を一体いつまで
この地上におとどめなさいます？
時々
「わたしゃ　もう生きるのに疲れたよ」
と呟いていますが・・・・

老婆の死

「一体、何時まで生きるんだろうなー」
「もう点滴も酸素もなくて二週間よ」
「きっと今日中だよね」
「いや、明日まではもつだろう」
そう囁かれ　ひそかに期待されつつも
この九十七歳の老女は
町はずれの介護施設で
昨日をすごし　今日を迎えている。
生き抜くと言う表現はふさわしくない。
だって彼女はそんな悲壮な気持など
とっくに放棄しているのだから。
そこにはただ一個の生命体があるだけだから。
人間としての思考は殆ど途絶えていても
心臓が動き　肺が呼吸する限り
まだ彼女は自然の中の
確実な一個の生命体である。

家族も疲れ果て
部屋を訪ねる事もまばらとなった。
白衣のポケットに手を突っ込んで
こんこんと眠り続ける女性を見降ろし
私はぼんやり考える。
―生命の回帰について―

歳をとるごと　日に日に幼児に還って行く体
今も還りつつある。
「すみませんねー　手をとらせて・・・・
　もう完全な赤ん坊ですわ！」
オムツ交換する職員に
やりきれなげに呟く息子の嘆きがそれを示す。

ならば彼女は人生の逆の時を
今　ひたすら静かに過ごしているだけではないか。
この世から老人　大人としての姿を順に消し
乙女　子供を経て
自然の胎に収まるまで
ずっと長い時を経てきているのだ。

人間の生が逆になるって事ありますかね？
あるさ　あのｉＰＳ細胞だってそうじゃないか
・・・三ヶ月　二ヶ月　一ヶ月・・・
だから人々は辛抱強く待たねばならぬだろう。
何を？
勿論　この世での一人の女の死をだ。

早春のカーテン越しの日差しが
生まれたての赤子の様な
皺深い顔に柔らかにふりそそいでいる。

老いる事

若い頃、首を傾げて考えた事がある。釈迦の修行の動機となったという四苦の事。すなわち生、老、病、死である。

生まれなければ苦しみなどなかったはず。生まれてきた事により無数の苦しみが生じる。だとすれば確かに生は苦しみの始まりなんだ。

医学の道に進んだ自分はやがて病気がもたらす悩みを知った。勿論、全ての人が病むわけではないけれど、たいていの人が生涯中、何かの病気で苦しむ人生だ。だからこそ医療という仕事があり、膨大な金、努力がそこに注入される。

そして死は・・・・、死が苦悩でないはずがない。死の苦悩を否定する者が一体どこにいよう。

だがしかし、老いは果たして苦悩なのか？　老いていない当時の自分は、老いる事の苦悩を知らなかった。ニコニコばかりの和やかな輪、その中で平和に過ごす存在が老人とばかり思い込んでいた。

だが老齢に達した今、老いとは確かに悲惨な苦悩であると考えざるを得ない。

先日のテレビ特集「認知を生きる」で、一人の老女の苦悩が紹介されていた。普通の人間から徐々に外れてゆく事の悲哀。彼女を介護する夫が腹立たしげに呟いていた。

「二言目には『殺してー、殺してー』と喚くんじゃ。
辛いのー」

そのやりきれない怒りと切ない憐憫の表情。全てとは言わぬが、学者ぶって、専門家ぶって、経験者ぶって、いっぱしの評論でごたくをならべる連中がいる。

「愛情と理解を持って・・・・」

だがお偉い人達よ、あんた達は大小便で汚れた尻をどれ程持ち上げ、どれ程拭いてきたのかね？　徘徊する寝間着姿をどれ程血眼《ちまなこ》で捜し廻ったのかね？　一晩中の馬鹿でかい放声にどれ程耐えて来たのかね？

何故、人間はそうまでして生きねばならぬのだろうか？　老年の生はもはや喜びではなく、苦悩そのものではないか！

何故？　何故？　と問うても答えのないこの世界に、果たして救いの手はどの様にしてさし伸べられるのだろう？
それを知りたい！　それを教えてくれ！
その答えは一体どのように示されるのか？

老　衰

老婆は眠る
昏々と眠る
それでも耳元で大きな声で呼びかけると
フッと目を開けて頷く

時折り苦悶気に
何かを掴もうと身をよじる
だが腕は中途で上がらず
バタリとベッドに落ちる

この人はもう九十九歳なのだ
あと三ヶ月で百歳を迎える予定
「百歳になったら市長さんから
　表彰状が来るそうですよ」
清掃のおばさんがそう言ってた

だから老婆は逃げようとする百歳を
捉まえようと必死に手を伸ばすのだ
あと三ヶ月を何とか手繰り寄せようと
痛々しく身をよじるのだ

だけどももうもつまい
「だめですかねー。もうちっと頑張りゃ
　表彰状もんだがなー」
息子さんは如何にも口惜しげだ

だが無理だ
よくここまでもったものだ
それでよしとしなければ・・・・

百歳のキリスト

主よ　私達は何故この歳に至るまで
生きねばならぬのですか？
老いの楽しみと言うのがあるとは言うが
老いる事はやはり苦しいものです
主よ　貴方は人間の姿を装われ
短い人生をこの世で過ごされた
だが　貴方は何故か人間の生活を語らなかった
仕事　その成功と失敗　借金　食事　家庭の様々
自然の移ろい　周りの環境　・・・・
そんな事一言も語られなかった
人間の病を助け　生き返らせはしたが
はて　ご自分で病気になられた事はありましたか？
貴方の最大の難点は
人並みの年をとらずに亡くなられた事
おお　わかってます！　わかってます！
この世での貴方の御臨在は

そんなけち臭い人間の生を真似る為ではなく
哀れな私共に愛を教える事であり
悲惨な罪からの解放にあったのですから
その為に架刑を受けられたのですから
ああ　それにしても貴方は余りに早く昇天なされた
何故　六十歳　いや八十歳
いやいやもっと長く百歳までも
この世の生を過ごされなかったのですか？
(貴方の御代に超高齢は
　とても限られていたでしょうが・・・・)
だが今は無数の百歳が地上で蠢いているのです
それは必ずしも
生きる意志　生きたい希望の故《せい》ではないでしょう
社会と技術の進歩とかが
そうさせてるところもあるのです
この世に年寄りの為の聖書などありません
この百歳の私共に
在天の主よ　貴方は何を語られます？

こんな自分でも・・・・

—ＮＨＫ「こころの時代」を見て—

苦しみの中にも生きる意味はあるのか？
絶望の中にも生きる意味はあるのか？
祖国　民族　肌の色　時代　環境・・・・
—己の力ではどうにもできぬ制約の数々—
生まれつきの病気　障害　老化　認知症・・・・
—自分では取り除けぬ軛　枷の数々—

ならばそんな中で自分は生きれるのか？
こんな自分でも生きる意味があるのか？
予期せぬ苦しみが襲ってきた時
回避できぬ怖れに見舞われる時
己の崩壊を予感する時
この状況をどうしたらいい？
私はどこまで壊れてゆくのか？
それでも生きる事に意味があるのか？

教壇からの教えでは真実が見えない
静かな書斎での思考では真実は伝わらぬ
現実に絶望を味わい
逃避不可能な中
死を意識した人の言葉にこそ
真実を伝える力がある

ヴィクトール・フランクルの
苦難の人生が語る教えは深い
「生きる意味がありますか？」
その問いにフランクルは答える
「どんな生にも生きる意味はありますよ」
「こんな私でも？」
「そんな貴方でも」
「人間としてですよ？」
「ええ　人間としてです」

デイサービス風景

「はい、ピアノに合わせて
グー、チョキ、パーですよ」
介護士さんの甲高い声
恥ずかしがっててもしようがない
そんな幼稚な事！　と
気取っていてもしようがない
前も後ろも隣もみんなヘマして
互いにゲタゲタ笑いあってる
あの人もこの人もみんな楽しいんだ
そしたら私も笑わなきゃ損かな？
リハビリのお姉さんが
マイク持って近寄ってきた
隣のお婆さんに
「ミヨさん、今年いくつ？」
「九十九さーい」
「長生きする秘訣はなんですか？」
ミヨさん　お姉さんの顔を
暫らくポカンと見上げてたが・・・・
「死なんことよ」
これには私もファハハハッの大笑い
とたんに何かがスッと体から抜けて
気が楽になった

とにかく無心で過ごしましょ

下り道

歳をとると時の巡りの早さに驚かされる。もう昨日は過ぎて、今日の早い夜明けを迎えている。既に金曜日だ。先日、日曜日を終えたばかりなのに、また次の日曜日が巡ってくるのだ。考えてみると私達高齢者は、今、時の山道を下っているに違いない。何時の間にか頂上に達して、もうとっくにそこを過ぎていたのだ。

どこが頂上だったか分からぬ儘、既に山道を下っている。それが下り道である事だけは、はっきりと認識できる。何故なら非常に時が早く巡ってゆくからだ。あと、どれくらいの下り道かわからないが、とにかく麓に向かってズンズンと下りて行く。そんなに早く降りてる積りはないのだが・・・・。

南天―令和六年

寂しく荒れた冬日の庭を
彩って咲く南天の低木

正月明けに数枝切り取って
暗いトイレに置いた
真白《ましろ》の花瓶　青い厚手の葉
幾つもの可愛い赤の宝玉

戦火のやまぬ欧州とガザ
我が国の天災　人災
そんな夥しい負の報の中
令和六年一月八日
私達二人は共に同日の誕生日を迎えた

体調不良がちな妻は七十五歳
八十一となった私は心身も衰えてきた

この寒さの中　薄暗がりに
朝夕　色鮮やかに映える南天
希望の赤い灯ともし
災いを幸《さち》に転じよとの
老いた夫婦の
切なる願いに答えてくれぬか

汝　南天　静かに赤く

彼岸へ

歩きましょう　のろのろと
休みましょう　一息ついて
もはや走る必要はない
人生は最後までのマラソンではないのだから
なるほど若い時には力の限り疾走した
しかし歩みは次第に遅くなり
もはや走ることは不可能となった
今はゆっくりと歩むべきだ
そして時々休むべきだ
ゴールは間近い
テープが我々を待っている
どんな人にも同じように張られた
その人の好きな色のテープが・・・・

私のそれは淡い水色ですが
あなたのは？

理解し愛するには

ゆるゆると赤児《あかご》に還ってゆく。
だが彼等はあの赤児ではない。
老人を真に理解し、愛するには
その人生の軌跡を知る他《ほか》ないであろう。

愛

この人の苦悩の底まで達する事
そこでお互い抱き合って
じっと耳を澄ます事
澄まし続ける事
仄かな声の聞こえ来るのを
ひたすら待つ事　ただひたすら待つ事
それのみ・・・・

あとがき

一年前に『子供の情景』という詩集を出した。したがって今回の『老年の情景』は、私自身と周りの同年代の人々を観察した記録とも言えるだろう。おおよそ六十代以降を老年と考え、その時その時、目にし、心に感じた風景を詩形としてきたものである。

前半の内容は初老期なので、まだ幾分活気に満ちた雰囲気が漂ってはいないだろうか？　一方、後半の超高齢に移るにつれ陰鬱な雰囲気が濃くなるのはやむを得ない事と思う。高齢者の日常や介護について、この詩集の内容とは別の見方をされる方々も多いだろう。観察、そして歌の綴りの拙さを弁解することは避けたい。同じ情景を肯定的に捉えているかと思えば、すぐに否定的な表現ともなっている。そんな混乱を感じられるかもしれないが、全て老いた詩作者の素直な呟き、叫びと思っていただければ幸いである。出来るだけ多くの人に読んでいただきたく、たとえ平凡であっても、何が書かれているかわかる詩。私はそんな詩作を心がけた。

脇《わき》田《だ》 正《ただし》（ペンネーム）
福岡市在住。
1943年、広島県生まれ。
2013年の長塚節文学賞優秀賞他、国内、地域における
公募文芸（詩、短編小説分野）等において受賞歴あり。
2023年『詩集　子供の情景』（梓書院）。

詩集《ししゅう》　老年《ろうねん》の情景《じょうけい》

2024年9月1日発行

著　者　　脇田　正
発行者　　田村 志朗
発行所　　株式会社梓書院
〒812-0044 福岡市博多区千代3-2-1 麻生ハウス
電話 092-643-7075／FAX 092-643-7095

印刷・製本 / ラボネットワーク

ISBN978-4-87035-812-6